AF493026

Beauté et désespoir à Krikri

Titre : **Beauté et désespoir à Krikri**
Auteur : **Gabin Conrad AFANGNIDÉ**
Mots clés : **Ignorance - Mensonge - Abus - Providence -
Mauvaise gouvernance**
Édition : **2022**
Tous les droits de publication en langue française et autres sont réservés aux Éditions du Flamboyant & Communications, Éditeurs et distributeurs de publications.
08 BP 271 Cotonou - République du Bénin
GSM : (229) 90 91 57 27
Courriel : leseditionsflamboyant@yahoo.fr
Conception graphique - Mise en page :
Les Éditions du Flamboyant & Communications
08 BP 04 Cotonou - République du Bénin
ISBN 978-99982-65-80-6
Dépôt légal numéro 13766 - 1er trimestre 2022
Bibliothèque Nationale du Bénin.

Gabin Conrad AFANGNIDÉ

BEAUTÉ ET DÉSESPOIR À KRIKRI

Essai

Les Éditions du Flamboyant & Communications

ISBN 978-99982-65-80-6

La vie est un mystère de valeurs décimales qu'il faut accepter d'arrondir parfois par défaut ou par excès pour maintenir la stabilité sociale.

Gabin Conrad AFANGNIDÉ

En observant cette communauté humaine,

Je regarde sans rien comprendre de ce cadre de vie sans vie.

Je fouille sans rien trouver de juste ou vrai.

Je me demande si je cherche mal ou si je me trompe de monde.

Mais au fait, je ne peux me tromper de monde en aucun cas, car je suis aussi un produit de cette région planétaire et ne peut me détacher de mes racines. Rien ne peut m'enlever cette référence géographique et sociale.

En me plongeant dans la source visible de ce monde, je ressens une profonde décep-tion face à certaines réalités existentielles qui marquent considérablement le quoti-dien de la majeure partie des communau-tés africaines qui font la culture de leurs propres misères en refusant d'exploiter les atouts naturels dont ils disposent au pro-fit de leur propre développement.

Alors je m'évertue sans relâche à trouver la clé d'un éventuel bonheur disponible pour ces populations qui nous regardent souvent à travers les vitres de nos voitures comme si elles représentaient une couche sociale condamnée à vivre le martyre dans un milieu d'abondance.

Ventres creux, mal habillés, ces gens vivent comme des prisonniers heureux. L'âge ne donne plus la sagesse et l'espoir n'existe plus, car nous vivons un drame séculaire. Ils sont réduits dans cet état pour que les autres puissent développer leur système de domination. En clair, leur malheur produit le bonheur dans l'autre camp où on mange et jette des vivres sans ménagement.

Malades, travailleurs mal payés sans aucun droit, marchands sans accès à des crédits, parents sans responsabilité puisque dépourvus de moyens pour assumer leur rôle dans le foyer ; on constate plus de drames que ce que les médias nous montrent, les jeunes en proie à une extravagante dépravation tuent allègrement et naïvement leur avenir.

Par-dessus tout, on note un calme naturel chez une bonne partie des populations qui ont compris que leur sort est déjà fixé et se contentent de cette vie de misère marquée par une douloureuse stabilité sociopolitique et économique.

Cette stabilité sans aucun goût leur donne au moins le droit de vivre sans courir le risque d'être jetés dans les forêts en quête de refuge et leur donne le droit de vaquer à leurs occupations sans courir le risque de tomber dans les dents de la machine gouvernementale.

Partout où la misère frappe, il faut donc accepter ce choix contre la guerre, car la première permet de vivre avec le peu qu'on a et la deuxième ne donne aucune chance de vivre ou d'exister.

Première partie

La beauté à Krikri

- Habiba, le sourire de Krikri
- Pokoua, cette femme de Krikri
- Maïmouna, une raison de vivre !
- Lyna Cady Gningnin
- Sidonie de Krikri
- Bella la valentina
- Sena Gningnin.

Habiba, le sourire de Krikri

Elle, c'est Habiba de Krikri, une beauté référentielle des pays des Quoi-quoi-quoi. Un soleil d'Afrique. Un pont sur les ponts qui font des hommes, des joyeux humains dans le jardin de la vie.

Cet arbre qui donne le vent et le contre vent pour protéger ses sujets. En me réveillant je courais au marché pour la regarder juste par curiosité, je la regardais de loin et parfois je m'approchais de son étalage juste pour demander sans souvent rien acheter. C'était un engagement personnel d'aller vérifier si elle est au marché.

Ce penchant n'était pas lié à un désir d'engager une relation d'intimité, mais il s'agissait d'un attrait qui m'emballait religieusement avec un être que je trouvais spécial; un être exceptionnel, un bien bâti.

Habiba était donc une icône au milieu de nous, elle provoque la joie d'être un authentique ressortissant de Krikri.

Elle est naturelle et prend soin de sa beauté naturellement. Même la poussière qui passait sous le coup de vents réguliers ne parvenait pas à distraire cette vue angélique. Sur sa tête, le foulard, la marque de la beauté féminine locale. Elle avait su maintenir cette marque et entend l'étendre sur les autres générations. Un bon projet de société qui pourrait protéger l'économie.

Comme Pokoua de Mignon, elle avait été à l'école, elle avait même fait des études supérieures mais elle avait décidé de rester chez elle après avoir compris que la ville n'a jamais pu éliminer les soucis de la misère. Elle ne voulait pas se faire coincer dans un bureau pour obéir aux caprices de certains hommes qui vivent comme s'ils étaient tombés sur le crâne.

Elle voulait éviter comme Pokoua de Mignon la rage et la ruse des hommes dans ces milieux administratifs. Elle voulait rester africaine dans un milieu purement africain sans se donner de soucis, sans chercher à sonder des milieux peu humains, là où la solidarité est entièrement coupée, là où la souillure est plus abondante.

Habiba est l'étoile et le soleil de Krikri et les habitants lui vouaient du respect, une bonne considération. Elle est ensuite devenue la principale conseillère du roi de Krikri. Ce dernier avait trouvé en elle l'évidence des aptitudes nécessaires pour l'administration de son royaume.

Habiba la femme des collines, la fleur du bassin de Krikri,

Habiba la lumière qui brille dans le cœur des hommes,

Habiba, la source d'une expression culturelle,

Habiba, la femme qui rend les femmes plus dignes dans ce pays des Quoi-quoi-quoi,

Habiba, le soleil et la lune de Krikri.

Pokoua, cette femme de Krikri !

Sous ce visage pâle, concis, avide, cré-dible, critique et acerbe, Pokoua sem-blait lire de loin un message avec ce regard pénétrant. Elle était assise sous le manguier qui occupait la partie centrale de la cour depuis ce crépuscule ; le soleil après avoir brillé sur tout ce qui existait dans ces rayons, commençait par faire sa descente et l'obscurité prenait place.

Sa mère, maman Dédé ou Da-Dédé comme les anciens l'appelaient était confinée dans sa case. Depuis quelques jours, elle ne sortait que pour les grands besoins. Elle avait rangé les articles de son petit commerce derrière la case dans un grand bassin couvert de tôles rouillées.

Pokoua songeant à sa vie et surtout à ce qu'elle deviendra le jour où sa mère va tirer sa révérence. Pour se donner plus de force, elle se contentait de la récitation de son rosaire. Cette dévotion mariale qui lui servait souvent de consolation et aussi d'appui moral et d'espérance. Elle parvenait à trouver de fréquentes descentes en face de ses soucis.

Pokoua n'avait pas choisi cette vie du village mais le destin en avait décidé autrement et elle ne faisait que l'assumer stoïquement. Elle était d'abord fonctionnaire au bureau régional des impôts à Krikri, elle avait dû démissionner de ce poste de chef service pour un petit commerce sans grande importance à Mignon, un petit village situé à quatre kilomètres de Krikri sur la route de Zowè-haut.

À savoir les mobiles de cette transition ou tragédie professionnelle, il faut noter que Pokoua était une sœur religieuse ratée. Elle avait voulu continuer ses études secondaires dans un couvent. Sa mère Da-Dédé, une fervente chrétienne de la paroisse Ste Enagnon de Mignon était en bonne grâce avec la sœur supérieure Sœur Douce Gningnin. Cette dernière avait promis aider Pokoua pour la prise en charge des frais de formation, malheureusement celle-ci avait été rappelée pour une mission à Brazzaville au Congo.

Peine perdue, Pokoua dut poursuivre ses études secondaires au collège Saint Laissez-Les-Dire de Krikri chez sa tante Da-Cathé. Après le baccalauréat, elle fut admise à un concours pour le service des impôts et fit son entrée à la grande école d'administration de Gnindié.

Les premières années professionnelles n'avaient été d'aucun goût puisqu'elle avait rencontré sur son parcours des collègues et supérieurs très vicieux qui lui rendaient la vie difficile. Ses fesses en forme de ventouse donnaient d'insomnie à ceux qui l'approchent. Elle est d'un teint noir extraordinaire en plus de sa beauté captivante. Elle était sans doute une femme de Krikri, un milieu où l'on rencontrait de très jolies filles et dames. En tout cas, ce n'était pas facile d'échapper à son charme...

Maïmouna, une raison de vivre !

Je vous assure et rassure que j'ai vu entre ses beaux yeux, une voie que je n'arrivais pas à emprunter, à envisager, à cibler pour calmer mes soucis, mes angoisses, pour me détendre et m'étendre dans l'espérance.

Maintenant c'est fait, elle m'a ouvert les lignes, elle m'a ouvert les frontières, elle m'ouvre la voie de la joie, le chemin du goût, du bonheur.

Je me sens comme si après elle, plus rien, plus rien et avant elle il n'y avait rien de juste, de bon, de vrai et de beau.

Je peux aller plus loin, je peux aller trouver ce que je pensais découvrir pour rétablir un équilibre dans mes pensées, une sorte d'hormone qui pousse, produit et provoque le bien dans un espace humain, tranquillement établi.

Une très belle âme logée dans un beau corps, elle est vraiment belle cette créature, elle est complète, elle est une merveilleuse créature de la terre, une inimaginable personne que la terre ait eu la joie de connaître par l'amour de son créateur

J'en suis témoin, je suis vraiment un acteur crédible et vivant de cette révélation, je signe et contresigne sans besoin de signe pour laisser un emprunt fort, vivant pour que ceux qui auront le privilège de la voir dans ses splendides rayons de beauté aient une bonne raison de reconnaître en elle la plénitude de joie qu'elle dégage au profit de tous.

Je n'ai pas envie de tout dire, car cette merveilleuse créature vaut mieux que les mots qui peuvent sortir de ma petite tête africaine, de mes pensées, de mes réflexions ; je m'engage simplement à libérer le plus tôt la carte grise de cette beauté angélique qui prouve la beauté de la création en face de ceux qui manquent d'arguments.

Je suis témoin, je suis soumis, je suis requis, je suis ravi, je suis calé, confiant, confiné, je suis en joie pour avoir vu sans toucher, pour avoir encore la chance de la retrouver encore fraîche dans la plénitude de cette charmante créature contemporaine.

Lyna Cady Gningnin

Sans tout voir, mais juste voir au fond de cette image, comme une curiosité toute crue, nettement provoquée par le dépôt naturel d'un regard simple et humain.

On s'associe fidèlement dans ce berceau de beau et de bon drame du silence qui commence et s'achève sur place nettement sur un tableau représenté par l'intensité de l'intelligence humaine.

À voir bien loin, très bien loin, ce qui pousse considérablement l'attention banale, d'un curieux errant dans ses propres pensées où s'affiche comme un rien, la beauté tranquille et douce d'un regard humain.

Dans ce beau silence, sans rien apprendre, on essaie de comprendre la force d'un regard porté sur un point mais qui projette des réflexions sur des chantiers du doute et du goût que veut prendre dans une circonstance des intentions humaines.

Dans le silence agréable, on explore dans un tour et retour de son propre regard curieux, son plan blanc sur un tableau déjà blanc qui porte avec sérénité la rigueur morale d'un regard à vocation sociale qui produit sans rien prouver la joie de vivre dans un coin d'équilibre purement humain.

On s'engage sans attendre et à comprendre ses propres pensées projetées juste sur ce regard serein qui n'envie rien en dehors de sa propre et suffisante expérience sur la vie sociale dans un cadre plus restreint qui donne le droit de regard sur un point produit par l'équilibre d'une force humaine.

Enfin, on se retrouve sur une voie sans voix car jamais on ne peut aller plus loin que son imagination et reproduire toutes les réalités que peut cacher une image naturelle qui s'exprime avec sérénité dans la grandeur des expériences humaines.

Ceci nous conduit à comprendre mieux que l'homme est toujours un porteur souverain d'un message ou d'une vérité sur la lecture qu'il fait de l'extérieur en fonction de sa position sur la réalité humaine.

Sidonie de Krikri, un fruit qui attire

Sidonie avait choisi de vendre des fruits, elle avait bien compris que ce commerce allait bien marcher à Krikri.

Krikri est presque comme un jardin d'Éden, malheureusement, il y avait eu des Caïens qui poussèrent cette région dans une crise sociale. Même si nous ne sommes pas sortis de cette époque biblique, la mentalité des nouveaux descendants était déplorable. Mais après quelques années de crises, Krikri s'était retrouvé sous le règne de Samkri IX

Avant le roi Samkri IX, les gens naissaient et vivaient comme si leur seule vie avait plus d'importance. Aucune notion de solidarité, aucune organisation sociale, aucune norme de vie. La vie était sens dessus dessous...

Sidonie même depuis Gnindié était restée dans sa pureté morale et spirituelle. Arrivée à Krikri, un jeune homme du nom de Kpinkpin Gningni avait voulu la rouler dans la farine mais elle avait vite vu venir ce piège et s'était retranchée avant que les murs de son destin ne s'écroulent.

Le jeune Kpinkpin était rentré au pays après quelques années d'errance en Occident. Les petits sous qu'il avait pu épargner avant son retour au bercail lui donnaient presque le droit de sauter sur les belles filles de Gnindié.

Il avait malheureusement mal compris que les villages comme Krikri, Mignon, Zowè-haut, Zowè-bas ne sont pas favorables à ces conneries. La pagaille est donc facile à Gnindié, la capitale où on rencontre un brassage de populations, par contre dans les autres régions, il y avait peu de chance d'exister.

Sidonie avait appelé un matin Kpinkpin chez la grande Tante Da-Cathé, celle qui était en charge de la promotion de la femme. Elle avait été investie par le roi Samkri IX pour défendre le droit des femmes, le suivi de l'éducation des jeunes filles...

Alors Da-Cathé avait été claire avec ce jeune homme : « Ici à Krikri nos filles ne sont pas comme celles que vous rencontrez à Gnindié. La bière et les francs CFA n'ont aucun droit sur elles. Nous vivons une culture, nous avons notre morale fondamentale et nous ne pouvons tolérer vos allures mondaines de Gnindié ici... »

Da-Cathé avait réussi à mettre Kpinkpin à sa place et ce dernier ne revint plus dans ces rayons pour picorer comme un coq têtu.

Sidonie vendait des fruits, ces beaux fruits dont regorge Krikri : mangues, goyaves, bananes, raisins et autres.

Elle disposait d'un étalage juste à côté du bureau de l'office des postes et télécommunications de Krikri. Plusieurs clients achetaient chez elle. Elle n'avait aucun souci visible. Elle-même ressemble à un beau fruit, ce qui accentuait la présence régulière des hommes qui trouvaient nécessaire d'aller acheter les fruits chez elle. Les vicieux comme le jeune voyou kpinkpin avaient voulu dépasser les fruits de l'étalage pour atteindre le fruit défendu mais elle avait vite mis un frein à ces poussées maladroites.

Sidonie est belle et surtout sa hanche donnait de l'insomnie aux hommes. Il suffisait qu'elle se lève pour ajuster les fruits sur son étalage et là, des passants fixaient agressivement leurs regards capricieux qu'elle ressentait souvent à travers ses belles lunettes...

Bella, la valentina de Krikri

La reine d'amour, le sourire du jour, la poule qui peut chanter à la place des coqs.

Elle n'est pas simplement belle, elle est radieuse, charmante, élégante, magnifique, naturelle, elle est la neige qui n'attend pas l'hiver.

Elle est le pain qui n'attend pas le beurre, elle est la rosée qui sort du nord pour embellir le sud.

Elle est la graine que les jaloux ne peuvent étouffer, elle est la loi du roi sur les voies du goût, elle est le lien des voix qui poussent des cœurs aimants.

Elle est celle qui a le courage de dire oui ou non quand il le faut. Elle est le soleil des femmes qui attendent leur tour pour prouver qu'elles sont aussi capables de faire et défaire en temps normal.

Elle est le regard sûr, sur l'horizon qui pointe dans le temps et donne l'espérance,

Elle est ce que le vent peut soulever et élever mais pas emporter, elle est le poids qui donne de la joie.

Elle, c'est Bella de Krikri qui crie sa joie et rend joyeuse les populations, elle est la porteuse légale et légitime du miel naturel de Krikri.

Sèna Gningnin, une étoile brillante

Cette fleur qui exhibe ses couleurs naturelles sans cesse.

Cette actrice sociale qui porte l'espoir de tous au fond de la Vallée de Krikri.

Cette belle et mignonne créature qui brille joyeusement sous le soleil de Krikri.

Cette femme qui apporte aux femmes des consolations pendant leurs accouchements.

Cette douce créature qui accueille ses semblables avec amour et considération.

Elle est la vue du jour dans le temps des habitants qui ont le privilège de cohabiter une âme sociable, un gigantesque trésor humain qui porte des espoirs humains sur le chemin du doute et de la désolation.

Loin d'écrire sous l'effet de son charme, il est plutôt question ici de présenter une belle créature, bien bâtie sous la pluie de ses vertus.

Elle est née pour faire renaître sûrement la

joie de vivre dans cette région des beaux pay-sages, la région des belles vallées et collines.

Elle est la pluie qui n'attend pas les nuages, elle est tout ce que la nature se réjouit de créer sous le toit des hommes.

Elle, c'est Sèna Gningnin de Krikri, un beau point de mire à Krikri.

Deuxième partie

Les phénomènes sociaux à Krikri

- Da-Cathé devant les députés
- Ewo-Beaucoup
- Monsieur C'est-Pour-Hier
- Cécile et le Père Gilbert
- Faty Coco et le préfet Blema Wawa.

Mesdames et messieurs les honorables...

Jusqu'à présent,

Si nous ne savons pas encore bien gérer et partager équitablement nos biens publics,

Nous ne savons pas planifier le temps.

Nous n'avons pas un bon projet de société qui tienne compte des priorités sociales,

Alors nous n'existons même pas.

Jusqu'à présent,

Si nous ne reconnaissons pas nos valeurs,

Nous ne prenons pas conscience des enjeux liés au développement,

Nous n'avons aucun respect pour nos institutions,

Nous fabriquons des lois pour asservir nos populations,

Alors nous ne sommes pas encore une société humaine normale.

Jusqu'à présent,

Si nous ne savons pas poser des actes qui tiennent compte de l'avenir de nos nations,

Nous ne disons pas le droit.

Nous n'avons aucun respect des biens publics,

Nous n'avons aucune notion de l'importance de la famille,

Alors nous n'existons pas encore en tant que société humaine.

Jusqu'à présent,

Si nous banalisons l'éducation des enfants,

Nous ne voulons pas travailler,

Nous n'aimons que le gain facile,

Alors nous ne sommes pas encore une communauté sociale normale,

Et nous ne sommes pas encore nés ou simplement nous sommes des fausses couches sociales.

Nous devons reconnaître que nous avons des problèmes et trouver des solutions crédibles.

Il ne faudrait pas justifier la recherche des solutions par la culture de la pagaille dans nos administrations et même ici où l'odeur de l'argent se fait sentir comme si vous êtes des trafiquants.

Permettez-moi de vous dire que vous représentez plus la honte de notre pays. Je ne peux pas vous jeter des fleurs lorsque vous ne méritez que des cailloux. C'est un peu dur pour moi de me tenir devant vous et de vous cracher la vérité, car en temps normal vous méritez plus de respect, malheureusement vous avez choisi la voie des voyous.

Notre pays doit donner un bon exemple, et ceci sera possible si vous êtes conscients de la mission que les populations vous ont confiée.

Notre pays la république des Quoi-quoi-quoi et les autres pays de l'Afrique doivent prouver qu'ils ne sont pas des États voyous. Il faut que nous arrivions à rassurer nos partenaires pour qu'ils nous prennent au sérieux.

Nous devons prouver que nous sommes aussi une société humaine normale, pas un simulacre de société qui fonctionne dans un grand n'importe quoi...

Ewo-Beaucoup de Gnindié devenu Ewo-Rien

Le ciel s'assombrissait et les espoirs disparaissaient au fil des jours. L'attente était longue pour compter un mois, un an, deux ans… quatre ans et cinq au finish.

Ewo-Beaucoup était très content en sentant venir la cinquième année et il s'en réjouissait.

Mais il s'était trompé de calendrier, cette forme de système politique qui facilitait les rotations au pouvoir était en difficulté, elle avait du plomb dans les ailes avec l'arrivée de l'empereur Fo-Gan.

Cette nouvelle équipe avait renforcé les textes, le code électoral pour réduire les chances de victoire des adversaires. Il n'était donc pas possible de gagner les élections suivantes.

Les rêves de Ewo-Beaucoup étaient encore loin d'être réalisés. Accepter d'aller à ces élections ressemblerait à l'aventure parfois ridicule des équipes africaines à la coupe du monde de football.

Ewo-Beaucoup était membre d'un réseau en lune de miel avec l'ancien régime du président Man-Yaya. Les signes d'opulence extrême caractérisent sa vie. Il avait un réfrigérateur toujours garni de viandes des quatre principales espèces animales consommées à Gnindié : bœuf, cochon, mouton et lapin...

Depuis la chute de leur réseau consécutive à la victoire de Fo-Gan, son appareil ménager restait vide, les viandes avaient laissé place à de nombreuses bouteilles d'eau et les va-et-vient de ses amis avides de plats gratuits se sont réduits et lui-même avait perdu du poids.

Il faut souligner que les gens des réseaux politiques se distinguent par leur surpoids, leur fréquence dans les buvettes ou bars et leur attachement aux filles de joie. Ces oiseaux qui ne se marient pas, ne travaillent pas et se couchent rarement à un lieu fixe. Cette couche ou troupe sociale en pleine croissance en Afrique est considérée comme une pandémie des agents auxiliaires des détournements de fonds publics et un drame au centre des grands défis à relever.

Monsieur Ewo-Beaucoup était devenu Ewo-Rien quand les billets de dix mille qu'il sortait et faisait circuler comme le virus du corona avaient disparu. Il se contentait des discussions puériles et stériles avec ses amis sur les réseaux sociaux pour calmer ses nerfs. Il n'avait pas prévu les conséquences d'une défaite aux élections présidentielles de son candidat.

Par ailleurs, les nouveaux hommes forts ont installé aussi leurs satellites pour piller ou assécher les caisses. Il faut simplement reconnaître que cette démocratie est juste un démon économique en tenue de fête.

À vrai dire, ces séries d'alternances au pouvoir ne constituent que des relais de termites dans les claies ou paillassons.

Un soir aussi avec un de ses amis revenu de l'Europe, Ewo aperçut Sounougnon le zémidjan qui allait chercher Fifi Lolo une de ses nombreuses maîtresses.

Sounougan faisait partie de la nouvelle mouvance et avait réussi à se faire une place dans la mangeoire. Après deux ans de conneries dans une société où il tenait la direction commerciale, il s'est retrouvé avec plusieurs maisons et voitures de luxe comme quelqu'un qui avait gagné une loterie.

Ewo-Beaucoup devenu Ewo-Rien n'arrivait pas à reconnaître Sounougan jusqu'à ce que ce dernier vienne les saluer à leur table pour prouver sa transfiguration financière. Il était aussi entouré de ses fans ou sympathisants qui tiraient profit eux aussi de sa poche. Dans sa main on pouvait apercevoir deux téléphones portables et même un troisième dans une des poches de sa tenue locale.

Les réalités socio-politiques ou économiques produisent très souvent ces situations fabuleuses où des gens de zéros se retrouvent en euros. Il n'est pas rare de rencontrer des « moins-que-rien devenir des plus-que-tout » un adage que Da-Cathé utilisait pour insulter ceux qui la provoquaient à Zowè-Bas une ville située à vingt minutes de Gnindié.

En tout cas, la société africaine est une machine tenue et opérée par des réseaux qui se succèdent comme des dents de scie. Chaque équipe tire le lait de la vache quand elle est à sa portée.

Le mal est que ces réseaux développent gravement l'oisiveté, ce qui fait qu'on compte beaucoup de transhumances politiques. Des gens sont jaunes aujourd'hui et demain deviennent verts, ensuite bleus, ainsi de suite comme la honte ne tue pas.

De loin ou de près, on se charge d'observer et d'attirer l'attention sur les grandes dérives. Ce qui est sûr, le drame a des racines très profondes et plusieurs générations risquent d'être emportées par ce courant politique extravagant.

Nous devons parvenir à tracer un plan de développement pour nos sociétés en tenant compte des réalités sociales. Il faut absolument changer nos systèmes politiques et créer des garde-fous. Il faut vite régler cette crise pour éviter plus de drames à la postérité.

Il faut comprendre que la misère ou la pauvreté derrière ces drames font plus de morts dans nos milieux africains que la nouvelle pandémie mondiale

Monsieur C'est-Pour-Hier

Monsieur C'est-Pour-Hier était assis au comptoir d'une agence de la banque nationale de Gnindié depuis quelques heures. Il était allé pour le retrait de sa pension.

Il avait servi dans l'armée nationale au retour de leur mission de l'armée coloniale. Monsieur C'est-Pour-Hier allait souvent percevoir une grosse somme chaque trimestre. Sa femme tanti Madouagbé était souvent collée à lui comme si elle était son garde corps.

Monsieur C'est-Pour-Hier vit dans une belle villa vers la descente du pont entre Zowè-haut et Zowè-bas en bordure du fleuve Krikri.

Plusieurs personnes étaient devenues ses amis puisqu'il organisait toujours une fête chez lui les weekends. Il aidait aussi plusieurs familles en difficulté.

Son nom Emmanuel Cent-Bruit n'était pas très connu mais plutôt son pseudonyme qu'il avait reçu au cours d'une célébration eucharistique dans le cadre de la fête des moissons à Gnindié.

Ce jour-là, il n'était pas en pleine forme comme d'habitude. Il ne se rendait pas à l'église sans mettre une de ses vestes même s'il faisait chaud dehors. Il avait toujours sur lui un mouchoir qu'il utilisait pour sécher les sueurs régulières.

Sa femme comme plusieurs femmes, lui restait très docile avec toutes les attentions possibles. Elle lui passait souvent un éventail pour le mettre à l'aise.

Ce jour, il était seul, sa femme était en voyage et il avait mis un grand pagne sur son corps mais était très abattu par la boisson qu'il avait prise la veille.

Il aimait chanter comme les choristes. Il avait été membre d'une chorale dès son jeune âge.

Il chantait ce jour et l'odeur de l'alcool parcourait la rangée de blancs où il se trouvait. Certains fidèles qui supportaient difficilement l'odeur capricieuse de l'alcool avaient dû quitter leurs sièges pour s'installer un peu plus loin. Seuls ses amis qui l'accompagnaient étaient restés et subissaient stoïquement les vagues d'odeur qu'il dégageait.

Il se rendit à la table sainte et c'est de là où en ouvrant sa bouche le père célébrant, le Révérend Père Emmanuel Djindjin fit un signe interrogatif, alors sans se calmer, ce dernier s'excusa :

mon père pardon « C'est pour hier ». Ce fut depuis ce temps que ce nom lui était collé. C'était un homme sans orgueil. Et comme une blague, au départ ce nom était prononcé par ses proches amis et se répandit dans toute la localité.

Dès l'ouverture du guichet, il se fit aussitôt servir. Avant de quitter, il alla échanger quelques mots avec le chef service. « Viens me voir ce weekend Nestor ! Nous allons fêter un peu tu sais ». Tout le monde le regardait avec admiration car, il était un homme très sociable, un homme exemplaire comme on dit.

Reçu un jour à la radio Pantalon FM de Gnindié, il affirma :
« il faut vivre avec les amis, partager, aider, assister les gens qui sont dans le besoin,

car Dieu nous a créés tous et chacun a une mission ou un devoir, une contribution sociale.

Des gens me critiquent souvent, certains trouvent que je bois beaucoup, mais ils ne savent pas comment je suis arrivé là. Ma première femme m'avait quitté dans des circonstances peu ordinaires et depuis j'ai été marqué par ce départ.

Ma nouvelle femme essaie de raffermir ma vie pour que je me retrouve, mais elle n'a pas tous les moyens. Seul Dieu le Père saura me guérir, j'espère bien, mais je me réjouis de la présence des amis autour de moi.

Je ne suis pas un fou mais un prophète du bien-être. Ma porte est ouverte à tout le monde. Si un jour je ne vis plus, des gens sauront que Dieu m'a créé vraiment par amour et en moi se développe et se répand l'amour...

Cécile et le Père Gilbert Krikri

Cécile était collée ce matin à son téléphone portable pour glaner les dernières nouvelles des usagers des réseaux sociaux qui confondent bien et mal, pudeur et liberté, désordre et pagaille.

En ce début d'année, Cécile ne sentait aucun souci d'argent, elle avait obtenu assez d'argent au cours des fêtes de fin d'année. Ses apprentis passaient plus de temps sur les machines pour satisfaire les multiples clients. Quant à Cécile, les posts sur les réseaux prenaient plus son temps. Elle pourrait faire mieux si elle réduisait le temps au téléphone.

Cécile avait fait l'enseignement ménager au collège St Gnonou de Gnindié.

Elle avait été bien formée pour la couture de tout genre. À sa sortie de l'école, elle avait été engagée à la direction diocésaine de Zowè-haut. Elle était chargée de la gestion des matériels vestimentaires des prêtres et des séminaristes. Tout allait bien avant que le Révérend Père Gilbert Akouwè fut désigné comme directeur des œuvres. Ce dernier avait voulu confondre sa vocation sacerdotale avec la joie qu'il pouvait tirer sous les fesses de Cécile. Le refus de Cécile à céder à ses avances avait rendu difficile sa situation professionnelle au point où elle a dû quitter pour s'installer à Krikri.

À Krikri où elle tenait un atelier de couture, les activités allaient très bien et elle se rendit compte que les trois années passées à la direction diocésaine n'étaient que de purs gâchis. Elle recevait des clients de tout genre, les hommes, les femmes, les jeunes et ses apprentis étaient nombreux. Elle a dû élargir la devanture de son atelier pour créer plus d'espace pour ses activités.

Deux ans après son arrivée à Krikri, le Révérend Père Gilbert Akouwè était nommé curé de la paroisse St Mawou de Krikri. Située à cinq cent mettre de son atelier, le père Gilbert avait voulu retourner sur les traces de Cécile avec l'aide du catéchiste Émile Zola, mais malheureusement ce dernier avait conquis le terrain et s'apprêtait à organiser un mariage dans la même paroisse.

Suite à cette information, le Curé écarta le frère Émile du groupe des catéchistes et lui exigea de régulariser sa situation matrimoniale malgré que Cécile et Émile n'étaient pas encore ensemble. Il est donc regrettable que la beauté des femmes n'échappe pas à l'attention des hommes en soutane...

Faty Coco et le préfet Blema Wawa
(L'histoire du parrainage à Gnindié)

Avec son regard collant attachant, elle arriva chez le préfet Blema Wawa à la suite d'une convocation du Brigadier-chef Christian Dounou. Ce dernier lui avait envoyé une convocation avec pour objet : infraction du code routier.

Ce mardi, le brigadier Christian faisait des tours de contrôle sur la nationale numéro-1 qui relie Zowè-haut à Zowè-bas et avait remarqué Faty Coco à bord d'un véhicule peu ordinaire, une jeep wrangler bien tapée.

En effet, Faty sortait avec un commerçant libanais de Gnindié depuis deux ans et ce dernier pour éviter qu'elle échappe à son contrôle lui acheta ce véhicule jamais conduit à Krikri et même à Gnindié.

Le préfet Blema Wawa qui avait aussi un œil attentif sur cette proie était prêt à tout détruire pour gagner l'attention de Faty. Après la rencontre dans son bureau, ce dernier appela aussitôt le brigadier pour le sommer de ne jamais songer à ce véhicule dans la circulation et en cas de soucis de le contacter personnellement, car il s'agit d'une personne ressource de la région.

Avant l'arrivée de Faty, le préfet était en réunion avec le groupe de contacts des démocrates de Krikri pour négocier le parrainage chez les députés à Gnindié. Il n'avait pas fini avant de sursauter pour rencontrer Faty dès son arrivée, il était prêt à vendre même le pays pour obtenir les attentions de Faty.

En effet, le préfet qui avait accepté rencontrer le groupe de contacts des Démocrates de Krikri savait aussi que le parrainage lancé pour la première fois dans le code électoral était un cadenas pour éviter que tous les disciples viennent à la table à manger. Seuls ceux qui étaient considérés comme les douze apôtres avaient le vent en poupe et s'agitaient depuis quelques mois. On pouvait même voir les signes de la victoire dans leurs yeux.

Quant à Faty, ce brigadier et ce préfet sont des moins que rien. Pour les élections elle pensait qu'elle n'a rien à perdre, car elle savait bien nager dans toutes les eaux.

Troisième partie

Les aventures de Krikri

- L'instituteur Mama et le chauffeur Bombon
- Le cycle électoral à Gnindié
- Comprendre ce beau mystère
- Au fond des méandres du faux
- Produire la paix
- Notre jeu de mots contre des maux
- Ce mal qui fout tout en l'air
- Le coq de Gnindié
- Ces questions, ces mille réponses !
- Démocratie démolie à Gnindié ?
- La route des élections à Gnindié
- Les larmes sèches de Finagnon
- Le conteneur électoral ?
- La lune à Krikri
- La Vie sans joie (2)
- Hosana ou Toto et Titi 10 ans ?
- Ces drames qui rendent la vie plus dure
- L'homélie du Père Gilbert Djindjin à Krikri
- FiFa-Gan et sa fille cherita
- Sous ses soleils de beauté
- Accueil des Sans-Papiers à l'aéroport de Gnindié
- Fo-Yéma et Ablamba
- Nina, la femme qui se bat contre la misère
- Nina, la femme qui se bat contre la misère
- Zeinabou, la fin des rêves ?

L'instituteur Mama et le chauffeur Bombon

Le soleil se déchargeait sur le sol de ce village au milieu des collines. Le véhicule de monsieur Bombon progressait difficilement avec les dernières énergies qui lui restaient. On pouvait comprendre sa souffrance à travers le bruit de sa carrosserie visiblement rouillée.

Son moteur déjà rechemisé deux à trois fois montait difficilement les multiples détours des collines. Le chauffeur assis avec une partie de ses fesses, s'évertuait à contrôler la direction du véhicule. La cabine était surchargée, mais il arrivait à tourner et retourner avec dextérité le volant de la vieille carcasse.

Plusieurs habitants de Krikri dépendent de ce véhicule, le seul qui acceptait leurs caprices. Le tarif est toujours revu à la baisse en fonction des relations familiales...

Les villageois l'appelaient tonton Bombon, ce vieux chauffeur qui avait déjà passé trente ans dans la fonction publique dans ce pays des Quoi-quoi-quoi. Son salaire qui n'était qu'une pure injure envers sa personne ne lui permit pas en fin de carrière de bénéficier d'une bonne pension.

Après sa retraite, il s'était retranché à Krikri, son village natal. Avec ce véhicule usagé que son neveu Toukouin lui avait envoyé pour l'aider à tenir face à la rareté de la pension de retraite, il devint un excellent transporteur. Il faut aussi souligner que même si elle était mince, elle lui permettait de voler au secours des membres de sa famille, mais celle-ci tombait à dents de scie.

L'économie nationale qui dépendait du pétrole avait été mise à mal par la chute du coût du baril lié à la grande pandémie mondiale.

« Dieu est bon » disait-il souvent en parlant du geste de son neveu. En effet, Toukouin contrairement aux autres était très attaché à son oncle. Il ne ménageait aucun effort pour aider son oncle et en retour ce dernier le bénissait chaque jour.

N'eût été ce véhicule, le vieux Bombon allait connaître la pire période de sa vie.

Parmi les passagers à bord, il y avait le jeune instituteur Mama qui allait au village pour s'occuper de sa femme Enagnon.

Ce dernier racontait quelques jours avant, à qui voulait l'entendre, de ne pouvoir obtenir une permission pour se rendre au village mais après, il avait aussi compris que son problème était plus que la permission.

Il fallait aussi trouver les moyens pour le transport et aussi aider sa mère qui se battait seule auprès de sa belle-fille.

La vie des enseignants dans ces milieux est tristement désagréable au point que certains enseignants visiblement ressemblent plus à des badauds mal nourris que des employés de l'État. Ils sont souvent les plus mal habillés, leurs visages parfois rivés comme du lait caillé ne donnaient aucun doute qu'ils sont les plus malheureux de la fonction publique.

Alors tout comme certains villageois, l'instituteur Mama demandait souvent des faveurs pour se rendre au village. Quand vient le moment de payer, monsieur Bonbon lui dit simplement : « Non, gardez ça pour vos besoins ! « ... Ce soir il était assis à l'intérieur comme un prisonnier, un condamné. Mais au fait, n'était-il pas aussi prisonnier de ce système socio-économique ? ...

À sa descente au lieu de payer les frais de transport, Mama sans vergogne demanda un prêt à Bonbon, ce dernier le regarda tristement et lui glissa un billet de cinq mille francs wawa (wawa est la monnaie locale).

En clair, monsieur Bonbon faisait plus d'actions sociales que de profits sur ces populations très affaiblies par la pauvreté. Les personnes comme monsieur Bonbon sont malheureusement rares ces dernières années dans ces régions d'Afrique...

Le cycle électoral à Gnindié

La situation sociopolitique à Gnindié était considérée comme une des plus belles aventures que le ciel, la terre, le soleil, les étoiles de cette planète n'aient jamais connues depuis le retrait des hommes du pôle nord.

Ensuite un vent naît dans l'histoire de ces populations ; comme un faiseur de joie au départ, on se rend compte ensuite que c'était plutôt le goût de la nivaquine au fond du miel.

L'instigateur étant encore là, les hommes de la presse, les agitateurs de la vie politique, les religieux, les curieux, les travailleurs, les sans-emplois, les oisifs, les paresseux, tous ceux qui vivent sur cette terre de Gnindié ont compris qu'ils sont dans une nouvelle ère. Même les grands mages des lois forestières, les « construction-analystes » comme on les appelle dans le jargon à Krikri, ont du mal à interpréter les signes introduits dans le ciel des élections dans ce pays des « Quoi-quoi-quoi ».

Alors, il eut des heures, des jours, des semaines, des mois, des années et enfin on compta quatre ans et on allait vers cinq ans. Le ciel était toujours sombre et nuageux jusqu'à ce moment personne ne savait si c'était des signes de la pluie ordinaire ou une autre pluie. Tout le monde était inquiet car personne ne savait encore si le vent allait redoubler d'intensité.

Il y eut des heures, des semaines, des mois et enfin le roi du vent informa que la saison serait prolongée pour un autre petit « cinq ans ». Les autres petits rois de petits villages qui faisaient en temps normal la pluie et le beau temps commencèrent par sortir leur nez de l'eau.

Ces derniers avaient été étouffés par les nouvelles règles de jeu que le roi de la forêt avait imposées à tous ceux qui veulent vivre encore dans cette forêt. C'est-à-dire que la seule condition pour y vivre sans souci était de garder ses deux lèvres fermées jusqu'à ce que cette sorte de couvre-feu politique soit levé.

Sans aller trop loin dans ce bulletin d'information de Gnindié, il faut dire que ce vent à été un frein aux agitations appelées dans la langue locale la « pagaille » en période de fête électorale.

À quelques semaines du passage du nouveau vent dans les urnes, on constate quelques faibles démonstrations d'acteurs de la pagaille ou pagailleurs de Zowè-haut et Zowè-bas arrivés très en retard pour porter leurs désaccords.

En tout cas les crevettes ne sortent que la nuit, c'est aussi une pure et naturelle intelligence.

Leur sortie ou mobilisation d'ouvriers de dernière heure malheureusement n'est pas assez « strong » pour déplacer cette montagne de Gnindié.

La distance entre la cour du roi et le périmètre de liberté de ces derniers bergers en rupture de brebis est si grande que pour certains ce n'est qu'une simple comédie vespérale.

Aux dernières nouvelles Da-Cathé serait aussi appelée à jouer le rôle de vice-pagailleur de Gnindié.

Comprendre ce beau mystère

Dans une sorte d'envie démesurée, on s'enfonce sans le savoir, à travers une sorte d'empressement qui s'opère comme une vitesse de lumière qui développe le désir d'acquérir ou de conquérir pour assouvir un besoin temporaire.

Sans rien comprendre de tout, sans rien envisager en dehors d'une envie de s'auto suffire, on s'engage sur des voies qui sont au fond des commencements d'aventures qui se transforment douloureusement en mésaventures.

Ces périodes d'errance où on se retrouve envahi par une sorte d'orgueil et d'égoïsme.

Plus on pense comprendre la vie, plus la vie donne des pages vides de sens par rapport aux tentatives de discernement humain en face d'une réalité naturelle où logent les mystères engendrés au cours de la création par le créateur.

Il faut aussi signaler que ces types de voûtes existent et jouent le rôle de couverture ou de protection pour situer l'homme à la recherche de son bonheur. Rien n'est donc fait contre cette créature qui malheureusement décide de prendre les risques en cherchant à sonder les zones détachées qui ne relèvent pas de son territoire.

Il faut tout de même, être conscient de ses limites personnelles par rapport à tous ces fondamentaux qui échappent presque toujours à l'intelligence humaine. En saisissant ses propres atouts disponibles on s'engage à se confiner dans son cadre social en évitant d'aller au-delà de ses prérogatives.

Ce privilège dont jouit la créature humaine doit être soutenue par une fidélité aux normes de vie qui portent les germes du bien-être social.

Point n'est besoin de forcer la roue de l'histoire au profit de ses envies ou plaisirs, car on finit toujours par atterrir sur un sol impraticable où l'on ne comprend rien de rien pour reconstruire ce qui avait été détruit sur le chemin de ses ambitions démesurées.

Il y a lieu de comprendre ce beau mystère qui marque ce beau monde où se trouve la belle vie.

Au fond des méandres du faux

Aimer tout ce qui est bien avec prudence, rejeter par contre tout ce qui est faux, tout ce qui n'est pas crédible hier et aujourd'hui.

Refouler clairement et simplement ce qui est injuste, ce qui déforme la vérité et installe le mensonge dans le circuit social.

Le mensonge prend souvent la place de la vérité pour un temps avant de se voir détruire lui-même, comme un parcours inouï, immoral qui s'étend sur un terrain pendant une période d'examen avant le déclin.

L'acteur du mensonge vit dans un état flou, entouré des ténèbres de ses délices ; une mésaventure, une vie élastique et sans saveur où il considère tout ce qui brille comme un acquis, un succès.

Sans aucune feuille de route pour prévenir le retour de l'ascenseur, il se complaît dans la joie de la folie du faux car pour lui tout est possible dans l'univers du faux.

Cette position sociale entretenue par certains courants humains poussent souvent les mis en cause sociaux dans les pièges qu'eux-mêmes créent et entretiennent.

Une sorte de voie où des gens font voir les lumières lugubres du poids de leurs jeux d'influence passagère contre les normes de vie d'une communauté pourtant organisée détentrice d'une souveraineté morale.

La joie de jouissance du faux et usage de faux est juste une saison qui passe et détruit ensuite tout espoir et projet monté sur l'égoïsme.

Il vaut mieux se contenter des espoirs lointains que porte le vent de l'espérance ; ces derniers, même s'ils sont flous, garantissent la liberté et la dignité de chaque individu dans le circuit social.

Produire la paix

Produire ce qu'on aime et ce qu'on veut,
Puisque la paix est précieuse, il faut la
cultiver, l'entretenir et la préserver.

Soyons des atouts pour la paix et la joie ; on
ne vit pas deux fois, il faut éviter la culture
du mal en mettant fin à tout ce qui en est
la source ; C'est une démarche participative
pour créer l'année qu'on désire.

Que le Seigneur nous fortifie et nous aide
à être des acteurs de la paix...

Bonne année à nous tous, continuons
la marche ensemble dans le temps avec
amour et solidarité.

Cette fois sans foi, je vois dans la loi des voies

Quand j'entends des voix dans les bois des oiseaux de la Loire

Ces voix des bois sur les voies des rois.

Cette foi parfois donne des fois des droits pour voir des voies droites vers des cris de criquets qui crient souvent.

J'ai compris que parfois il faut le sang froid pour comprendre des choses tirées des lois sans aucun droit.

Ce jeu de mots contre les maux

Ce mal qui fout tout en l'air

J'ai difficilement retenu mes nerfs, j'ai compris encore de plus près, le mal et aussi combien plus nombreux sont les promoteurs du mal.

Telle l'eau de la rivière, qui monte et s'étend sur une large surface, j'ai vu le mal très proche de mon cœur, de mes yeux, sans que je ne sois capable de me retirer de cette tragédie.

Le monde s'éteint à petit feu vraiment, les valeurs tombent une à une comme des feuilles mortes, nous sommes les problèmes qui menacent notre monde, nous sommes tout ce qui entrave le développement humain, nous sommes les faux plans qui développent les crises par des crimes.

Ce que j'ai vu, je ne peux pas le dire facilement de peur de me voir considérer comme un naïf, car certains ont vu pire et continuent de voir plus triste chaque jour que Dieu fait.

Les hommes se dressent contre les valeurs sociales, l'anarchie dans les sociétés humaines, les réseaux d'affaires deviennent plus vastes et montent des plans alarmants sans gêne ; tout ce qui peut profiter est bon même si ça fait mal dans l'autre camp.

On cherche le pire pour avoir son gain, on cherche le faux pour prouver ou justifier les drames économiques produits sur l'avenir des peuples. Rien ne se fait aujourd'hui sans que certains réseaux mélangent le faux et le pire pour avoir des résultats qui enrichissent certains contre d'autres.

Les faux sont assis dans les fauteuils et les honnêtes gens sont là réduits à la mendicité récurrente.

Le mal est qu'on ne sait même pas quand ceci prendra fin car plus le temps avance, plus les crimes produisent gravement des crises dans l'environnement social déjà pourri par les faits courants ou récents.

Je prends mon bras pour essayer de me faire une couverture sur mon visage car pour moi je ne peux plus croire qu'il existe encore des couvertures matérielles crédibles pour servir de point de répit au fond de ces destructions sociales.

Le coq de Gnindié

Dans ce ciel monocolore, je ne vois qu'un seul oiseau qui vole haut et bas, tellement il a la tâche facile ; il connaît tout ce monde et alors pas d'appréhensions.

Il gère les ressources forestières seul, il fait le tour de la forêt seul avec ses fidèles. Il se promène en dégustant les paysages de la savane, des vallées, des collines et des montagnes de ce pays des Quoi-quoi-quoi.

Il est aussi le chef des coqs et tous les coqs lui doivent leur survie. Il décide de leur sort et alors aucun d'eux ne doit regimber au risque de perdre les avantages ou faveurs. Certains petits coqs qui avaient osé lui tenir tête ont perdu très tôt leurs ailes.

Le coq de Gnindié maîtrise bien les sols ; même pendant les saisons pluvieuses, il arrivait à se tenir, il savait picorer même de très loin, il planifiait bien ses vols et avec de belles ailes, il imprimait son désir et ses tactiques.

Hier même en étant un coq de dehors, il s'entendait bien avec l'autre coq qui buvait son café le matin et le soir s'en prenait à tous ceux qui ne partagent pas ses idées ou intentions.

Ayant rompu avec l'autre coq avant la fin de son tour sur cette cour ou rien n'est stable, dans une région ou dans la même journée on peut connaître le chaud et le froid, il réussit à éloigner tous les coqs qui aiment la pagaille.

Comme c'est lui le seul coq puissant de la basse-cour, il lui arrive de faire ce qu'il veut contre ceux qui veulent lui montrer qu'ils sont aussi des coqs jolis.

Le coq de Gnindié est un beau coq, il brille dans une couleur kaki et de loin, certains pensent que c'est parce qu'il aime les paysages qu'il se comporte parfois plus qu'un coq mais aussi comme un grand corbeau.

Ces questions, ces mille réponses !

En traçant dans le vide de mes imaginations des projets dictés par mes pensées, je constate sans rien pouvoir expliquer en face des réalités sociales

Cherchant toujours à comprendre ou apprendre ces réalités liées à notre existence, je continue toujours sans donner le temps à la fatigue.

Ainsi, le doute et le découragement sont éteints sur le chemin de ma volonté.

Je comprends aussi que seule la lumière de la vérité donne le ton à la victoire et les succès à la fin donnent du goût aux différentes aventures humaines. Rendre pur ce qui est impur et clair ce qui est sombre sur nos chemins communs.

En face des enjeux ou défis du monde, la vie dans laquelle mon destin se réalise, j'essaie de trouver les lumières nécessaires pour limiter les confusions produites par l'agitation ou le silence des ténèbres envahissantes.

Au fond du tableau lugubre vieilli par mon désir et mon courage, je continue d'observer les normes qu'il faut pour maintenir l'équilibre de mes pensées sur ce qui est encore possible sans trop pouvoir comprendre les limites, mes limites en tant que créature.

Je m'arrange souvent pour classifier, classer ou trouver à travers des efforts soutenus, le nécessaire devant l'agréable qui pousse ou poursuit les désirs humains embourbés mais récidives.

Je continue dans le couloir de mon destin à planifier et gérer mes efforts, mes forces et mes pensées humaines en faisant fidèlement la lecture du temps pendant qu'il est temps.

Je me réjouis au-delà de tout d'attirer l'attention de ceux qui me lisent car l'essentiel pour moi est de savoir que chacun ouvre sa pensée humaine pour discerner tout ce qui marque le réel en face de l'indifférence et l'existence.

Ces ponts, ces voies sans voix qui jonchent les chemins du désir de la liberté et de la paix que nous essayons de traverser seuls sans les autres, nous ramènent à la raison pour nous confondre davantage aux autres créatures.

Alors avec conviction, je me sens mieux avec les autres lorsque j'admets avec humilité le sens réel de la vie et ses obligations. Au fond des faits, je prie et je glorifie le Seigneur pour tous ses bienfaits.

Au-delà de tout, je comprends tout en tout sans que personne ne se gêne pour me reprendre toute l'histoire de la vie car devant moi je vois, j'apprends et je me plie à ces obligations sociales qui nous rendent plus humains.

Démocratie démolie à Gnindié ?

Au commencement était la liberté.

La liberté vivait avec la démocratie.

La démocratie un jour voit naître son benjamin.

Comme dans certaines familles certains enfants ne sont pas sérieux,

Benjamin Gnignin a mis l'héritage démocratique en difficulté.

Il était déjà trop fort dans la famille.

Il était très riche. Il avait tout ce qui pouvait rendre matériellement heureux un homme ou une créature. Mais il n'avait pas le pouvoir.

Il sentit un jour le besoin d'aller cueillir le pouvoir sur l'arbre qu'il connaît déjà assez pour l'avoir plusieurs fois arrosé. Quelques dribbles en surface de réparation au moment où certains joueurs glissaient sur les francs CFA, il réussit à marquer le but de la victoire.

Tous les habitants étaient contents que Benjamin put solder tous leurs soucis financiers et même préparer leurs déjeuners et dîners ; les rêves étaient grands et profonds.

Il avait trop d'influences dans ce pays des Quoi-quoi-quoi. Il mit facilement fin à ces rêveries et demanda aux rêveurs d'aller travailler.

Il contrôlait les députés de Zowè-Bas, Zowè-haut et même ceux de Gnindié

Une fois chef de famille, il tomba dans une profonde colère et renvoya plusieurs amis trop gonflés au parlement du CFA.

Dans une sorte de marché sans clients, il passe son premier mandat dans les pleurs de certains habitants qui dépendent de petits commerces itinérants.

Il avala tous leurs commerces et promit à tous ceux qui veulent l'écouter routes et autres cadeaux de Noël.

Les années passèrent vite et il voulait avoir plus de fidèles dans son église.

Alors il se mit à chanter pour les retraités et autres enseignants mal nourris...

Mais au fait et au fond, cette démocratie est entièrement démolie.

La faute à Benjamin Gnignin seul ? Pour certains observateurs, la machine politique n'était pas assez réglée pour éviter les pannes régulières.

Nous sommes à Gnindié dans la ville capitale des Quoi-quoi-quoi. On s'amuse tout simplement en toute fraternité et respect...

La route des élections à Gnindié

Au commencement était la route et la route était occupée par plusieurs usagers.

On allait on venait sans grande difficulté pourvu qu'on remplisse son réservoir.

Comme par magie, la route devint une rue et ensuite une ruelle et après une artère et puis c'est tout.

Pour que les usagers comprennent ce qui ne va pas, on leur exige un beau parrainage pour leur sacrement de politisation musculaire pour faciliter la circulation.

Da-Cathé avec son doctorat en politique artificielle n'a rien compris de ce nouveau jargon. Pour chercher à comprendre ce verset dans ce chapitre de l'évangile de cette politique des Quoi-quoi-quoi, il faut apprendre à aimer la victoire de son ennemi même si ça fait mal.

Le parrainage ressemble à une poule aux œufs d'or, il faut seulement regarder sans manifester son appétit car, qu'on veuille ou pas c'est Tonton-Gan qui fait la loi et tire le vin. Il sait tirer le bon vin dans ses deux jarres progressivement républicaines.

En tout cas nous nous contentons d'observer et de voir la fin du match, car l'équipe en face n'a même pas de bons buteurs et leur meilleur gardien a fini ses deux mandats de la Can et se promène avec son nouveau dossier pour construire avec son cousin politique Monsieur E-Ri Gningnin.

Malgré la menace de cet orage, le spécialiste des constitutions ad hoc continue son bonhomme de chemin comme si son cas est déjà cuit.

Après tout, on ne va pas nous empêcher de mélanger les mots pour éviter les maux ou réduire ces derniers. Nous sommes conscients en tout cas que nous nous aimons différemment, sauf que le pays ressemble parfois à un gâteau d'anniversaire. Chacun fête sa date d'anniversaire quelle que soit la physionomie de son voisin.

Les larmes sèches de Finagnon

Enfouie dans ses pensées, elle méditait sans intérêt, sans aucun goût.

Ce passé mélancolique, ce passé rempli de douleurs et de chagrins.

Ce temps ou période de sa vie où elle était en proie à un déchirement moral.

Un passé qui ne relatait que le venin contenu dans une partie de son destin.

Elle lève parfois la tête en regardant plus profondément l'horizon.

C'est là qu'elle retrouve la force de pouvoir renouveler son espoir.

Au début de cette crise, elle avait l'air de sombrer dans une sorte de porte de sortie.

En la voyant, je pensais à tous ceux qui sont encore sous le poids des douleurs visibles, plus aigües et grandissantes.

Je pensais à ces femmes qui sont obligées de laisser les enfants seuls sur ces chemins d'écoles.

Ces enfants qui sont souvent la proie des hommes de mauvaise foi.

Je pensais surtout à tout ce qui se déroule sous le chrono de la vie, cette grande absurdité en plein développement.

Je ne voudrais simplement pas citer tous ces phénomènes sociaux auxquels nos populations sont encore et encore confrontées malgré les puissances ou avantages des technologies.

Je suis en tout cas persuadé que nous vivons dans plusieurs mondes dans le grand monde malheureusement.

Certains sont condamnés à tirer la charrue, d'autres avec allégresse jouissent des efforts que ces derniers effectuent.

Je ressortis dans mes réflexions en posant encore sur elle et là je me rendis compte qu'elle revenait de son voyage à la vue de ses enfants qui revenaient de l'école.

Elle rentrait dans ces pensées très souvent en méditant, en observant tous les drames qu'elle avait connus depuis son enfance et aussi en pensant à l'avenir de ses enfants, ses deux filles scolarisées et son benjamin qui reste accroché à elle partout où elle allait.

Et son mari ? Une question que je me posais sans grande chance de trouver une réponse sans l'approcher. Des questions sans réponses sont énormes au milieu de ces drames. Mais comme c'est en Afrique, certaines personnes trouvent tout normal.

L'approcher pour poser des questions pareilles ressemblerait à une provocation.

Il faut éviter d'ajouter le piment dans la sauce déjà très pimentée.

De loin, je me contentai de l'observer et d'écrire simplement ici pour vous donner un texte à lire...

Le conteneur électoral ?

Depuis quelques années, les habitants de ce pays des Quoi-quoi-quoi n'avaient jamais subi une si grande déception jusqu'à ce jour où l'empereur Pat-Gui avait été porté au pouvoir.

Même Da-Cathé avait quitté Zowè-haut pour aller voter ce onze septembre deux mille onze.

L'empereur au départ était considéré dans tous les milieux politiques comme l'homme par qui le salut peut venir sans ambages. Par ailleurs certains Quoi-quoi-quoi affirmaient à qui voulait l'entendre que Monsieur Pat-Gui avait hérité de son oncle un conteneur rempli d'or arabe ou berbère avant la mort de ce dernier.

L'empereur PG avait aussi marqué l'attention des Quoi-quoi-quoi de la diaspora qui pour la plupart avaient appelé lors des élections à voter pour lui.

Ce dernier maîtrisait assez les couloirs de la politique de son pays au point que même de loin il réussissait à maintenir les députés de Gnindié à faire voter les lois en sa faveur.

Dans le cadre des positionnements, le président sortant Mr Lougaga avait commis la grave erreur de proposer un métisse appelé Djindjin qui était moitié Quoi-quoi-quoi et moitié mexicain selon les rumeurs.

Le jour de l'élection était marqué par une forte participation des populations venues de plusieurs zones pour voter contre Monsieur Djindjin.

La proclamation des résultats donnant pour vainqueur Monsieur Pat-Gui était soldée par une grande soirée de réjouissances populaires pour la simple raison que cette victoire serait le début du salut et du bonheur pour tous.

Da-Cathé avait aussi pensé qu'elle quitterait son commerce de carburant pour un emploi dans un bureau où elle allait s'habiller comme la ministre de l'agriculture et de la pêche madame Miwodé Cécilia Krikri. Elle admirait ses habits qu'elle trouvait assez bien pour sa forme.

Quelques mois après, les espoirs s'étaient estompés pour la simple raison que la joie et l'espoir avaient fini par donner lieu à des grincements de dents.

Contrairement à un conteneur rempli d'or arabe, il était question d'un conteneur rempli de problèmes. Un conteneur qui faisait fuir les opérateurs économiques et les acteurs politiques.

À chaque sortie du conteneur, c'est un désastre, les opposants fuient par Zowè-bas et se retrouvent en exil pour retrouver l'oxygène.

Le président sortant Mr Lougaga avait lui-même reçu plusieurs conteneurs sur le toit de sa maison. Une situation jamais connue auparavant à Gnindié.

Le roi des perdrix et autres volailles avait fui par un pays voisin à l'ouest. On lui re-prochait son amour pour la cigarette qui marque 18 kilos.

Au fait, ce conteneur a fait plusieurs vic-times au lieu d'apporter la joie.

Ce conteneur était-il installé dans les têtes des électeurs pour les amener où ils sont aujourd'hui ?

Alors pour nous les artistes littéraires, c'est juste à travers ces lignes que nous chantons sans danser.

Bientôt les élections mais sans le charabia du conteneur ?

La lune à Krikri

Comme un gâteau qui ne s'achète pas, elle est la couleur sans nom, elle est le feu qui ne brûle pas, mais brille pour produire, prouver un équilibre. Elle est le reflet de la joie de Krikri.

À sa sortie, les enfants sautent, jouent, s'amusent sans songer au sommeil. Cette lampe du Père qui éclaire les fils ou filles, créatures là et ailleurs dans le monde. Elle est comme son frère le soleil, la preuve de la grandeur de Dieu.

Les jeunes, les personnes âgées et les enfants sont tous souriants en sentant cette présence facile et naturellement belle. On fait des causeries, on dit des contes, des devinettes ; c'est la joie de fête qui anime tous les habitants de ces milieux encore frais.

Elle est l'arbre qui sait donner au bon moment des fruits pour marquer les saisons. Elle est le doux jus qui sort et donne de la joie. Le sourire est partout, la joie se répand comme une heureuse pandémie.

On joue aux tam-tams, on chante et on échange de belles histoires.

Ô sœur du soleil d'Afrique qui sort au moment opportun pour illuminer la terre offerte aux pauvres et aux riches pour leur cohabitation. Tu es le signe de l'amour et de la solidarité. Tu enseignes par ta présence aux hommes les voies du bien et l'importance de la collectivité, de la collaboration, de la communication et du partage. Tu es le trait d'union des habitants de Krikri.

La Vie sans joie (2)

Sous le silence du drame imposé par le temps, on voit avec peine des visages d'hommes et de femmes faisant semblant de vivre sans soucis.

Le poids des douleurs qui marque leurs vies est si grand que le seul critère pour survivre est de s'abstenir de tout voir ou croire.

Au fond de leurs cœurs brisés par les courants des drames, ils vivent sans vivre réellement en attendant que la mort les emporte pour les décharger.

Sans jamais attendre un jour heureux, ils continuent, de vivoter sans regimber dans la douleur du temps qui marque leurs vies, étant donné qu'ils sont surveillés par leurs bourreaux comme du lait sur le feu.

En effet le jour et la nuit ne sont plus différents, car les soucis auxquels ils sont confrontés ne suivent aucun rythme du temps, aucun droit ne les protège contre la ruse et la rage des forts.

Alors, il est facile de les voir pleurer à larmes sèches, car leurs cœurs s'occupent de tout avaler pour laisser leurs visages exposer les signes relatifs aux souffrances.

Pas forcément parce qu'ils aimaient Jésus, mais parce qu'ils visaient leurs intérêts.

C'est de cette manière que plusieurs églises sont remplies de « Fidèles » sans aucune fidélité à son Évangile, mais tous focalisés sur ce qu'ils peuvent gagner en le suivant à Jérusalem.

Ceci fait penser à ces caravanes de campagnes présidentielles où des gens sous l'influence du franc CFA sont prêts à vendre leurs âmes, leurs parents pour se faire une place dans le circuit gouvernemental à l'abri de la galère ou d'éventuelles poursuites judiciaires.

Manque de moralité dans les églises et en dehors des églises. Tout le monde veut gagner bec et ongles sans aucun effort. Pour certains, nous vivons vraiment les dernières heures de la moralité humaine.

Certaines confessions religieuses s'appuient sur les tares des autres pour récupérer les chercheurs de miracles.

Dans les églises on cherche des miracles,
en politique on cherche des postes juteux
pour voler ou détourner.

Dans ce monde du grand n'importe quoi,
on cherche le bonheur ? ...

Ces drames qui rendent la vie plus dure

Calice Kpêvi était très attaché à sa culture, à son terroir et surtout à la modestie de sa vie. Il ne se plaignait jamais de n'avoir pas assez et ne demandait que le minimum pour lui et sa petite famille ainsi qu'une petite partie pour aider sa mère Cécilia la Grande Tante de Krikri.

Il tenait son atelier de forgeron à l'entrée de la petite ville de Krikri en venant de Zowè-haut. Il ne manquait guère de clients et de commandes et travaillait avec ses deux apprentis Codjo et Bruno.

Il n'avait jamais voyagé jusqu'à ce jour où son destin le poussa à travers les forêts et s'était retrouvé dans un milieu qui lui inspirait dégoûts et chagrins plutôt que l'hospitalité. Il se sentait donc dépourvu de ses atouts et aussi de sa famille.

Il n'avait pas le choix car derrière lui, certains avaient perdu leur vie, d'autres traînaient leurs blessures dans les bois et seul Dieu savait ce qui leur adviendrait. Certains innocents qui n'avaient rien à voir avec cette crise avaient perdu leur vie fraîchement sous le coup des échanges de tirs destructifs.

Accueilli dans cette zone, ouverte et mise à leur disposition par le HCR (Haut Conseil des Refugiers), il restait assis devant sa tente tout en songeant à ce que sont devenues sa mère, sa femme Léa et ses deux fillettes Blibli et Afia.

Léa sa femme et ses enfants avaient quitté très tôt Karikari avec la Grande Tante Cécilia pour la cérémonie annuelle des mânes des ancêtres dans la vallée de Yoyo où s'étaient installés les premiers habitants de cette région.

Les affrontements survenus entre les rebelles et les forces régulières se sont concentrés sur Krikri où les rebelles avaient érigé leur base. Plusieurs habitants avaient heureusement quitté la ville avant le déclenchement de cette offensive.

Les populations craignaient depuis quelques années la possibilité d'un grand affrontement à Krikri et ce fut en ce mois de mars après les campagnes électorales que la tension monta d'un cran et les populations s'étaient jetées dans les rues et pistes tortueuses…

Casimir Gandié filait ce soir en direction de la mission catholique de Krikri. En le voyant de loin, on dirait qu'il était poursuivi par un esprit capricieux.

Arrivé à la paroisse, il remplit la fiche de visite et prend place sur l'un des bancs aménagés pour les visiteurs sous la paillote qui tient lieu de salle polyvalente.

Casimir Gandié : Père pardon, je voudrais que vous m'aidiez.

Le Curé : Oui, vas-y mon fils !

Casimir Gandié : Père, je suis fatigué de tout, vous faites de belles homélies, des activités sur votre paroisse sont aussi considérables, mais j'ai peur de tout, je ne suis pas sûr que ça donnera un résultat…

Le Curé : Au fait , tu as peur de quoi ?

Casimir Gandié : Les hommes sont têtus, vous le savez bien ; avec tout ce que vous racontez, les gens ne sont pas encore prêts

pour cette transition et changer leur mentalité, leur cœur... Je dois quitter ce pays
pour aller chercher mieux ailleurs. Mes
amis sont tous partis. Je ne sens aucun
goût, aucune joie de vivre ici. Peut-être
que mon marigot est ailleurs.

Le Curé : Tu crois que tes amis qui sont
partis par la brousse ont tous retrouvé le
bonheur ? Tu as de leurs nouvelles ? Je
t'ai trouvé un emploi chez Djiton le boulan-
ger en attendant que tu trouves mieux, il
faut que tu continues avec cet emploi-for-
mation. Le bonheur se construit et il faut
résister face à des ténèbres envahissantes,
il faut chercher à être un homme digne
capable de garder sa tête sur ses épaules
pour ne pas passer sa vie dans la précarité.

Casimir Gandié : Oui mon Père, mon problème est ailleurs. Ma copine Albertine
vient de me quitter pour un douanier. Elle
m'a annoncé qu'elle est même enceinte de
lui. Tout ce temps que je passais avec elle
n'était donc que du cinéma ? Je n'ai jamais su qu'elle avait ses idées ailleurs...
Oui, l'argent est la clé et la porte, je dois
trouver beaucoup d'argent pour me protéger contre de telles provocations. Je ne

me sens plus présent dans ce village, je dois vite partir avant que je sois la risée de mes amis. C'est plus écœurant quand je constate que ce douanier est aussi un fidèle de votre paroisse ; tout ce que vous enseignez ne change pas ces gens ici donc. Je pense que je ne suis plus votre fidèle parce que je trouve que c'est du grand n'importe quoi. Nous n'irons nulle part avec ces idéologies que je trouve absurdes. Excusez-moi le terme.

Le curé : Mon fils ! Tu ne sais donc pas que la communauté humaine est comme une végétation ? Il y a des plantes qui servent à guérir, d'autres portent des épines mais elles ont leur importance, leur utilité. C'est la même chose dans nos communautés. Nous avons tous des qualités et des défauts. Notre Église n'est pas pour les Saints mais pour tous ceux qui veulent se sanctifier et préparer la rencontre avec le Seigneur. Nous devons accepter tout le monde et travailler ensemble dans cette pastorale. Certains échecs sont obligatoires, itinérants pour avancer et discerner ce que le destin nous réserve de droit... La solution à ton problème n'est donc pas de partir et de renoncer à ta foi mais c'est de prier le Saint Esprit pour qu'il te rassure et t'amène sur le chantier de ton vrai amour, une partenaire qui te sera utile et construira le bonheur avec toi...

L'homélie du Père Gilbert Djindjin
à Krikri

Le Révérend Père Gilbert Djindjin était retenu par le vicaire général pour présenter l'homélie à la messe de clôture du pèlerinage au pied de Notre Dame de Krikri. Plusieurs prêtres, diacres, religieux et religieuses ont fait le déplacement ce dimanche 5 avril pour cette grande célébration eucharistique.

Le préfet Blema Wawa était parmi les invités ainsi que la grande Tante de Zowè-haut Da-Cathé et plusieurs autorités religieuses et civiles.

Après la lecture de l'Évangile tiré de Jean 10 : 11-18, la chorale exécuta un chant liturgique avant le début de l'homélie. Le préfet Blema Wawa connaissant très bien le Père Gilbert Djindjin mit aussitôt ses lunettes sombres pour éviter de croiser les yeux du prêtre. En effet, le Réd Père Gilbert ne badine pas sur les mots lorsqu'il s'agit d'interpeller les autorités par rapport aux obligations liées à la vie socioéconomique et politique du pays.

Sans hésitation, le Révérend Père Gilbert Djindjin commença l'homélie.

Père Djindjin : Nous venons de suivre la lecture de l'évangile qui nous parle du Bon Berger. Alors qui peut me donner quelques exemples de bergers présents ici ? »

Les catéchumènes donnèrent tour à tour les noms des autorités présentes suivis d'un applaudissement comme si l'événement allait tourner en faveur de ces dernières.

Père Djindjin : Eh bien il s'agit de bergers simples. Maintenant, trouvons les bons bergers »

Les jeunes : Aucun parmi ces responsables ; tous ces gens sont contre notre bien-être social. Ils prennent des décisions bizarres…

Ensuite, la grande Tante Da-Cathé prit la parole.

Da-Cathé : Nous vivons les pires moments de l'histoire de notre pays, leurs caprices et leurs indifférences sont à leur paroxysme. Nous sommes dans ce pays comme leurs esclaves, ces gens nous roulent dans la farine juste pour leur intérêt. Merci de nous permettre ici de leur dire que ça ne va pas puisqu'ils sont inconscients et insensibles.

Pour éviter un débordement de l'homélie et le scandal qui se profilait, le Père Djindjin précisa que c'était juste pour attirer leur attention sur l'exportation dans ce passage de l'évangile ; pas d'attaques ici ; les autorités sont toutes à féliciter mais aussi elles savent aujourd'hui les devoirs et les obligations liées aux attentes des gens qu'elles dirigent. L'année prochaine nous reviendrons ici et ensemble nous allons identifier les bons bergers parmi elles...

L'année suivante, à la clôture du pèlerinage, le Père Gilbert Djindjin revint encore sur la même lecture et cette fois-ci remarqua l'absence de toutes les personnalités présentes au cours du dernier pèlerinage. Seule l'équipe de la télévision nationale était présente pour la couverture médiatique. Comme si rien de spectaculaire n'y était, le Père Gilbert Djindjin finit en disant :

« Prions le Seigneur qu'il assiste nos autorités administratives pour qu'elles soient à la hauteur de leurs tâches. Nombreux sont appelés mais peu seront élus. La tâche n'est souvent pas facile lorsqu'on est à certains postes de responsabilités, mais il faut avoir le courage de faire ce qui est juste et bon pour soulager les peines des populations »...

FiFa-Gan et sa fille cherita

Fifa-Gan était devant sa baraque teintée de couleur bleue quand elle apprit à la radio Démocratie-Fm qu'une délégation du parti politique des bossus de Krikri, le PBK serait sur les lieux dans le cadre d'une mission de sensibilisation des populations.

En effet, Fifa-Gan était depuis quelques mois en quête d'un monsieur avec qui elle avait eu des relations intimes et qui serait le géniteur de sa fille Cherita.

Elle avait passé de jolis moments avec cet homme visiblement aisé à la fête des arachides qui se déroule à Gnindié tous les cinquièmes jours du mois de juillet. Après cette rencontre et ce qui en était suivi, elle n'avait plus revu ce monsieur qu'elle avait considéré comme un papa bonheur.

Elle était en compagnie de Monsieur Gilbert Akouwè pendant une semaine et avait partagé dans les agitations et plaisirs des fêtes au village de bonnes nuits avec ce dernier. Monsieur Akouwè Gilbert était un commerçant à Gnindié depuis plusieurs années. Certains clients l'appelaient monsieur « Viveur » comme il aimait la compagnies des « femmes Vespa » comme on les appelait à Gnindié, celles qui ont les fesses rabaissées comme Fifa-Gan.

La seule différence était que Fifa-Gan contrairement à plusieurs autres femmes ne se laissait pas piquer facilement. Mais comme les boissons et la musique mélangeaient tout en de pareilles circonstances, elle avait facilement cédé à l'attrait de ce monsieur « Viveur », heureusement que ce dernier fut retrouvé trois ans après la « pagaille ».

Retenons ici que Fifa-Gan est tombée enceinte quelques semaines après la fête sans aucun contact avec un autre homme. Depuis ce temps, elle priait qu'un jour elle retrouvât monsieur Gilbert Akouè avec qui elle eut ce temps de plaisir.

Elle se rendit sur les lieux prévus pour la rencontre avec la délégation des membres du parti politique ; comme par miracle elle retrouva le père de sa fille qui était le porte-parole de la Délégation.

Quelques semaines après, sans grandes difficultés Monsieur Gilbert, un homme très sage et très humain, prit les charges de l'enfant et Fifa-Gan devint son deuxième bureau à Krikri.

Depuis ce jour ceux qui se moquaient de Fifa-Gan d'avoir eu un enfant bâtard cessèrent leur chantage.

Sous ses soleils de beauté

Mes yeux, mes outils naturels.

Mes yeux, mes consulteurs fidèles.

Mes yeux, mes indicateurs crédibles.

Mes yeux qui bougent sans bruit.

Mes yeux qui couvrent les zones éclairées.

Mes yeux qui n'arrêtent pas de scruter ces beautés, ses couleurs, ses formes.

Mes yeux qui se promènent dans leurs orbites devant de belles figures taillées.

Ces belles créatures qui collent l'attention.

Ces fruits humains qui s'activent simplement et bouleversent les cœurs des hommes.

Ces belles créatures de ces beaux paysages naturels qui dévorent l'attention, la patience ou le désir.

On se sent sous l'emprise d'un drame de beauté extraordinairement puissante, piquante et envoûtante.

On se sent enfoncé dans un cercle de goût,

de joie, de désir et d'attirance, on perd les indicateurs de risque pour continuer dans la douceur du péché véniel.

Il faut donc vivre ces pressions d'influence qui affluent dans les pensées des hommes faibles où ils se débattent sans aucun secours quelconque.

Sous ce sceau qui pousse le sot dans le seau de la vie humaine, ce monde où on affronte tout sans avoir tout pour tout faire...

Cette beauté, un mystère culturel du péché incitatif ? Où est donc le mal du faible qui vit au fond de sa naïveté naturelle ?

Ce monde, un jardin de beaux fruits défendus ? Qui sait faire ce qui est bon sans faire ce qui peut être mal ?

Accueil des Sans-Papiers à l'aéroport de Gnindié

Maman Séraphine Madouagbé, l'ancienne directrice de l'école catholique de l'enseignement ménager de Zowè-Haut, était arrivée très tôt ce soir à l'aéroport international Robert Djindjin de Gnindié.

Elle était à bord de son véhicule, une « Deux Chevaux » de couleur blanche.

La vieille avait fait ce déplacement pour accueillir son fils Eblawou Jetedi qui l'avait quitté dans des conditions irrégulières. Depuis quelques années, elle avait perdu son contact téléphonique. Aux dernières nouvelles, il serait en compagnie de Finish-It, une vieille allemande retraitée qui pourrait l'aider à régulariser ses papiers. Malheureusement, cette relation n'avait pas duré et Eblawou était retourné dans ce que les gens appellent « le noir » (la situation des sans-papiers).

Eblawou était parti par la Libye pour se rendre en occident à travers tous les risques qui sont signalés sur les médias.

« Mon fils ne m'avait pas écouté, son père était déjà vivant et avait de bonnes relations pour lui trouver un poste dans l'administration, mais il avait préféré se lancer dans cette mésaventure » disait sa mère à tous ceux qui voulaient l'entendre.

Quelques années avant, elle avait redoublé avec sa foi chrétienne catholique, la récitation du chapelet et la visite au Saint sacrement pour réussir à avoir des nouvelles de son fils.

Cette année, l'Union Européenne avait durci les mesures d'immigration et plusieurs rapatriements en direction de l'Afrique furent opérés.

Le Boeing qui avait quitté Paris pour Gnindié déposa des ressortissants de trois pays avant d'arriver à Gnindié avec une heure de retard. Les autorités locales et les membres de familles étaient nombreux ce soir pour accueillir ces malheureux voyageurs.

Maman Madouagbé avait eu des difficultés à reconnaître son fils qui était arrivé avec un nouveau « look », cheveux colorés et deux boucles d'oreilles. Au-delà de tout, le jeune n'avait rien amené d'extraordinaire que lui-même avec sa tête qui ne ressemble plus à celle d'un fils de Zowè-haut.

Maman Madouagbé était pourtant contente de retrouver son fils unique. « Maintenant je peux mourir en paix, je t'attendais et je priais » disait-elle en le regardant avec un profond amour...

Fo-Yéma et Ablamba

Fo-Yéma filait sur cette route qui relie Zowè-haut à Zowè-bas en passant
par le pont de Krikri. Il devrait se rendre à
Gnindié avant la tombée du jour.

Les derniers passagers étaient au fond de
son véhicule bâché, une Peugeot 404 de
couleur blanche poussiéreuse. Celle-ci ava-
lait les derniers kilomètres avant Gnindié.
Très sûr de lui, Fo-Yéma chantait et sifflait
comme s'il avait déjà pris son verre du soir.

Ce véhicule que son neveu Mama Kilo-Dé
lui avait envoyé par le port de Krikri était
devenu une vieille carcasse, car il allait depuis quelques années de village en village,
dans ces milieux marqués par l'absence
de routes mais qui regorgent de produits
de qualité. Il allait souvent transporter les
sacs de produits agricoles de tout genre :
maïs, sorgho, manioc, charbon et autres.
Les pneus du véhicule souffraient souvent
sur ces chemins remplis de flaques d'eau
mélangées d'argile rouge...on y rencontrait

quelques gibiers égarés ou des paysans sur leurs vélos de brousse.

Ce jour particulièrement, il devrait se rendre à la maternité St Laissez-Les-Dire de Gnindié où sa femme Ablamba avait accouché la veille. C'était son premier accouchement et elle était très heureuse.

Après avoir déchargé les derniers colis et laissé le soin à son apprenti Toukouin pour nettoyer le véhicule, Fo-Yéma appela un « zémidjan » pour se rendre à la maternité.

Une délégation de l'église Saint "N'importe-Quoi" conduite par le pasteur Yoyo et l'apôtre Zéro était arrivée un peu plus tôt sur les lieux. Fo-Yéma fut accueilli par les membres de son église avec leur salutation « Aleluya » et en temps normal, il devrait répondre « Praise the Lord » mais cette fois-ci comme s'il était piqué par une colère ou déception il ne répondit rien même à l'endroit de son pasteur. Son silence avait surpris tous les visiteurs qui étaient assis sur les bancs de la salle d'accueil.

On lui avait déjà annoncé que sa femme a eu une fille alors qu'il s'attendait à un garçon puisqu'il avait déjà deux filles au village avec Léa-Non. Dans le lit on pouvait voir Ablamba toute souriante avec son nouveau-né ; elle avait l'air plus absorbé par son bébé que le géniteur indifférent qui la regardait...

Dieu seul savait quels traitements cet enfant aurait dans sa vie. Il faut souligner qu'en Afrique plusieurs enfants naissent dans ces conditions qui les exposent à d'autres risques au cours des années qui suivent leur naissance.

Ces situations sont monnaie courante en Afrique et c'est toujours la femme qui se voit banalisée malgré tout son sacrifice...

Ce mépris des femmes, ces traitements inhumains, ces regards moqueurs, ces indifférences, ces abandons constituent de véritables soucis pour plusieurs femmes africaines qui continuent de se battre pour surmonter les drames auxquels elles sont systématiquement confrontées. Il faut prier pour que les hommes soient pour les femmes des partenaires honnêtes...

Nina, la femme qui se bat contre la misère

Elle voit sur ses voies le mal qui ronge
Elle grandit sans grande joie visible

Elle parle peu et bien, mais ses propos ne sont jamais considérés

Elle regarde sans rien voir car les soucis ont fermé ses beaux yeux

Elle a aussi un bon teint noir mais qui ne brille jamais faute d'entretien

Elle ne dort pas suffisamment, car les poids des soucis occupent ses pensées la nuit.

Elle était parmi les parents d'élèves un matin pour parler des difficultés des enfants qui sont scolarisés à Gnindié

Ces rencontres où elle n'arrivait jamais à prendre la parole. La misère ayant laissé des rides sur son visage, elle se sentait souvent impuissante en regardant ses amies sourire allègrement en s'exprimant.

Elle avait du mal à suivre ses réflexions

car son attention voyage dans les cieux de ses pensées.

Elle récitait parfois son chapelet pour se confier comme tous les dévots à l'assistance de la Vierge Marie. Cette foi qui lui sert au moins de raison de vivre, un repli tactique, moral dans l'espérance produite par la croyance

Elle avait appris que l'eau était transformée en vin au mariage de Cana, elle attend toujours en vain que ses soucis se transforment en joie

La main trop souvent sur la joue, elle plonge son regard dans le doute, l'espoir et le désespoir sans jamais sortir victorieuse.

Elle essaie toujours de lire sur un tableau vide où ses pensées lui présentent des lueurs d'espoir incertain à l'horizon.

Elle ressortait de ses soucis lorsqu'un de ses quatre enfants est dans le besoin.

Alors elle se jetait pour accomplir avec joie son devoir de mère.

Un attachement maternel, pour sa progéniture, qu'elle ressent comme une aptitude maternelle et aussi un devoir moral.

Dans sa communauté à Krikri, une des communes de Gnindié, elle se sent parfois négligée, banalisée, fracassée moralement par ceux qui vivent dans l'aisance ou dans la rage de la corruption.

Elle comprend aussi que la vie n'a pas la même saveur partout et pour tout

Elle mange moins pour que ses enfants mangent plus, car son mari Fo-Ko n'est qu'un vulgaire chasseur qui revient souvent avec son gibecière vide.

Elle vit ces réalités sans regimber et surtout pour éviter de répandre le chagrin dans sa famille. Sa mère pensait autrefois que quand elle aura un mari, elle pourra trouver une vie heureuse.

On la salue souvent et elle répond : ça va ; Ça va ! Cette réponse qu'elle donne à tous ceux qui l'approchent constitue une formule pour échapper aux questions vulgaires qui suivent sans cesse.

Elle se réfugie derrière les signes de fausses joies que certaines circonstances lui présentent.

Ça va ? Oui ça va. Elle ment ou simplement elle se cache derrière ces mots pour ne pas donner la chance aux détracteurs de remarquer ses maux.

Ceux-là qui viendront agrandir la plaie au lieu de la soigner...

Je vous laisse méditer les drames auxquels nos populations sont confrontées malgré tous les biens que la nature nous offre.

Juste une fiction pour nous pousser à penser à ces personnes affaiblies par la misère.

Zeinabou, la fin des rêves ?

Je l'ai vue avec sa nouvelle poitrine complètement maigre et émaciée - Elle vendait des beignets au marché Ndingué - Assise sur un tabouret, je la regardais encore et encore pour me rassurer que c'était notre Zeinabou, la belle fille de jadis - La belle fleur qui tournait les têtes des hommes.

C'était elle que le douanier Frédéric Miva voulait pour seconde épouse, tellement elle était belle - Je l'ai vue parmi ces vendeuses de fruits, assise comme si elle n'était pas celle que le monde avait admirée.

Au fait zeinabou était partie un jour dans cette aventure des jeunes avides de bonheur et de rêve démesurés

Alors elle fut embarquée par Sewa-Gan le mécanicien pour la Libye.

Après plusieurs mois de galère, de mésaventures, elle a perdu de vue Sewa-Gan et personne ne sait par quelle magie elle s'était retrouvée à Krikri après cinq ans d'absence.

Sa mère Cécilia Gningnin avait reçu un grand coup suite à cette absence et elle avait prématurément vieilli, elle ne sortait plus de sa chambre que pour des besoins. Sa nièce Habiba l'infirme s'occupait d'elle comme elle pouvait avant le retour de Zeinabou.

« Zeinabou est donc morte dans ce beau corps que nous admirions » dit l'instituteur Jean-Vi, oui ses yeux avaient connu cette beauté comme les autres hommes pour la plupart des fonctionnaires à Krikri.

La vie a tout extrait de ce corps et aujourd'hui je ne vois qu'une carcasse qui porte une fausse Zeinabou à travers la vitre de ma voiture.

Zeinabou la fin du rêve des hommes ?

Quatrième partie

Agoué

- Agoué mon village
- Agoué attend ses fils
- Mes souvenirs d'Agoué.

Agoué, mon village natal

Ces années sont considérées pour nous aujourd'hui comme la période du bonheur et de la croissance sociale. Il y avait moins d'agitations, moins de haine, moins de crimes. Les familles vivaient en parfaite harmonie.

Le respect du droit d'aînesse et de la chefferie renforçait de façon permanente la vitalité dans la solidarité. Cette relation communionnelle permettait à chaque famille de s'impliquer dans le processus du développement local.

Tout n'était pas rose, mais à comparer cette période à celle que nous vivons aujourd'hui, c'est un désastre en face de nous. Ce grand écart honteux, moral qui s'est créé si vite dans cette société est une situation choquante et aberrante.

Il faut tout d'abord souligner que ces dernières années, l'Afrique s'est subitement enrôlée dans une civilisation extraordinaire mais extravagante au point que tous les atouts qui relèvent des valeurs culturelles se sont progressivement altérés par les courants de l'extérieur.

La nouvelle génération a une soif bizarre de vivre les réalités occidentales dans un environnement mal préparé et inadapté. Alors, sans avoir les mêmes moyens ou ressources humaines et le même leadership qui faisait de nous des hommes libres et honnêtes, le ventre d'Agoué a reçu n'importe quoi de n'importe qui jusqu'à atteindre actuellement un affaiblissement étonnant.

Nous ne sommes plus ce que nos parents étaient et souhaitaient que nous devenions mais ce que nous voulons et voyons circuler au rythme de la vitesse des forts sur les faibles par les faux.

Agoué mon village natal est souffrant malgré qu'il avait donné une bonne élite. Il y eut des dérapages sur certains sujets mais en dehors de ce qu'on peut considérer comme un accident de parcours, Agoué avait été une métropole.

Même les eaux de la mer qui observaient un bon voisinage avec la communauté humaine de l'époque avait fini par céder et les vagues ont commencé par avaler la plage d'Agoué.

Derrière ce phénomène, c'est la mémoire d'une grande communauté qui s'éteint progressivement sous les regards passifs de ses nouveaux fils.

Dire aujourd'hui qu'avec toutes ses agitations Agoué n'a même pas un centre de santé digne de nom, c'est le reflet du degré de la dégradation sociale.

Les familles étaient regroupées par un tissu de solidarité qui était visible par le fait même que plusieurs maisons étaient rattachées avec plusieurs portes d'entrée ou de sortie.

Je me rappelle encore qu'en ce temps, nous allions puiser de l'eau dans l'une des grandes cours publiques où était installé un puits qui alimentait plusieurs familles comme un château d'eau.

En quittant notre maison, on pouvait traverser trois cours de maisons ouvertes. Nous sortions et rentrions par le portail qui est plus proche. Les familles se connaissaient entre elles et traitaient les problèmes ensemble. Elles vivaient dans une parfaite harmonie.

Plusieurs fois ma grand-mère allait aux séances de réunion au cours desquelles des décisions ou dispositions sont prises pour prévenir les conflits ou parfois pour observer une fidélité à la mémoire des disparus.

Les prières et partages étaient conduits par la grande tante « Tassinon » qui avait une autorité familiale. Elle prononçait les intentions de prière dans une salle réservée aux reliques (cheveux et ongles) des disparus.

Cette salle est appelée « Yohomè », l'autel de ceux qui avaient vécu avec honnêteté.

Comme pour rappeler aux chrétiens qui pensent que nous n'avons pas de saints dans nos familles. J'aimerais attirer notre attention sur ces réalités, car seuls les défunts qui avaient mené une vie décente étaient cités dans les litanies de prières…

Agoué attend ses fils pour se relever !

. . . **A**lors je comprends combien c'est important de mettre l'accent sur les dérives sociales qui ont été à l'origine de l'effritement des valeurs culturelles de cette petite mais grande métropole en considérant les personnalités de toutes les catégories sociales qui sont issues de ce milieu.

Agoué pour des raisons difficiles à expliquer ou à comprendre, est devenu un lieu des funérailles. Les ressortissants descendent des grandes villes qui l'entourent pour assister aux cérémonies funèbres et repartent après comme des étrangers.

La question est de savoir pourquoi ce désintéressement et quelles sont les solutions d'approche ?

Je ne saurai tout dire ou rien dire par rapport à ces obligations, mais je mettrai l'accent sur l'importance de l'amour fraternel qui existait et qui était au centre du renforcement du tissu social.

Il est bien vrai que nous sommes tous tombés bas partout en Afrique en cherchant à imiter ou copier la vie ordinaire des Occidentaux. Alors telles des briques d'un mur, nous nous sommes tous dissociés des racines pour nous pointer sur des tendances de vie d'exclusion.

Cette distanciation sociale est enregistrée partout en Afrique où plusieurs valeurs morales et culturelles, même religieuses, tombent comme de grosses feuilles sèches.

Agoué quant à lui mérite mieux que ce qu'il subit de la part de ses fils. Il a donné de bons fruits, de très bons fruits sur le plan social, car plusieurs de ses natifs occupent des postes de grandes responsabilités : religieuses, régionales, politiques, administratives et autres, mais hélas les confinements individuels sur soi-même ont vidé tous les espoirs d'institution d'un leadership pour converger les efforts, les ressources humaines au profit de son rétablissement ou de son développement.

Au milieu des ces désespoirs, certains comme moi continuent d'attirer l'attention des frères et sœurs sur la nécessité de restaurer le tissu social à Agoué.

Les moyens existent, il ne reste que la volonté de mobilisation. Aidez-nous à trouver la meilleure feuille de route !

Mes souvenirs d'Agoué

... **D**errière cette moto, je pleurais, je souffrais du chagrin de l'absence de ma mère, je pensais à cette vie trop dure où tout était insupportable.

Les matins, je dois me réveiller très tôt pour puiser, remplir la grande jarre installée derrière l'habitation. On ne mangeait pas comme chez ma grand-mère et ceci constituait un des principaux soucis. On allait au champ, cultivait le maïs et l'haricot... ces travaux aussi étaient trop durs pour les enfants de moins de dix ans, même si mon oncle faisait la grande partie du travail.

Deux chambres à coucher et un salon.

La maison faisait dos à une brousse et des serpents venaient se chercher quelques fois sur la cour et des fois dans les toilettes. Les claies qui servaient de séparation entre la brousse facilitaient leurs migrations régulières.

À quelques trois cent mètres de la maison se trouvait l'école. Là aussi, il n'y avait pas de joie. Les enseignants nous frappaient régulièrement pour des manquements. Avant le début des cours, nous nous mettions en rang et chaque enseignant vérifiait les ongles, les cheveux et même les tenues des apprenants.

Il arrivait que nous recevions des coups sur les doigts pour avoir mal soigné les ongles.

C'était donc dure la vie à l'école comme à la maison où la dose des sévices n'était pas aussi amusante...

Mais au fond de ce souvenir, je me sens reconquis par le sens réel de la joie d'avoir à la fin de ces chemins de croix parvenu à me tailler une vie dans ce monde. Je me réjouis de pouvoir comprendre la souffrance des populations et de pouvoir m'engager à côté de certaines personnes pour leur être utile...

Mon oncle était un enseignant. Il avait réussi à s'acheter avec son maigre salaire une mobylette. Environ quarante kilomètres à travers les routes et pistes serpentées, nous quittions Agoué pour Houin. Je pleurais très souvent sur cette moto, mais ces pleurs de chagrin disparaissaient souvent lorsque nous traversions l'ancien pont de Grand-Popo. La peur séchait les larmes et je me réjouissais plutôt de réussir avec mon oncle à passer cette étape du trajet.

Cette épave de ferrailles reste visible lorsqu'on traverse cette zone en voiture sur les nouveaux.

Mon oncle conduisait tranquillement, méthodiquement sa moto chargée des colis qu'il réussissait à garder entre le guidon et ses jambes tandis que moi je gardais aussi mon petit colis d'habits de peu de valeur.

Sans savoir que je pleurais grandement, il lui arrivait de me poser des questions et alors je mettais brusquement fin aux pleurs et lui répondais sans aucun goût. Ces pleurs relevaient du fait que je quittais un milieu où je pouvais manger bien à ma faim pour me retrouver dans un cadre plus organisé ou tout était compté.

La joie de vivre à côté de ma grand-mère Nana, celle qui me gavait de nourritures disparaissait à l'horizon pendant que la moto s'éloignait d'Agoué.

Chez ma grand-mère, les soirs, souvent je prenais de l'arachide avec du gari. Les travaux des champs n'existaient pas et j'avais assez de temps pour aller jouer avec les amis du quartier.

Quelques années plus tard, ma grand-mère nous quitta pour sa dernière demeure.

Je voyais un changement brusque du monde auquel ma vie s'accrochait. Elle était une confidente et était très attentive et je me sentais ressourcé chaque fois que je lui rendais visite à Agoué, à Cotonou ou à Lomé. Elle passait de brefs moments chez deux de mes tantes paternelles à Cotonou et à Lomé.

Table des matières

Quatrième partie

Conseil éditorial : D. Gérard Houessou
Courriel : gekoudoh@gmail.com

ISBN 978-99982-65-80-6
Dépôt légal numéro13766 du 14. 02. 2022
1er trimestre - Bibliothèque Nationale du Bénin.

Impression réalisée sur presses offset à
Cotonou - Bénin pour le compte de :
LES ÉDITIONS DU FLAMBOYANT
& COMMUNICATIONS
08 BP 271 Cotonou - Bénin